VENTE DU VENDREDI 12 MARS 1875.

CENT CINQUANTE NUMÉROS

DE LA

COLLECTION AUGUSTE DEMMIN

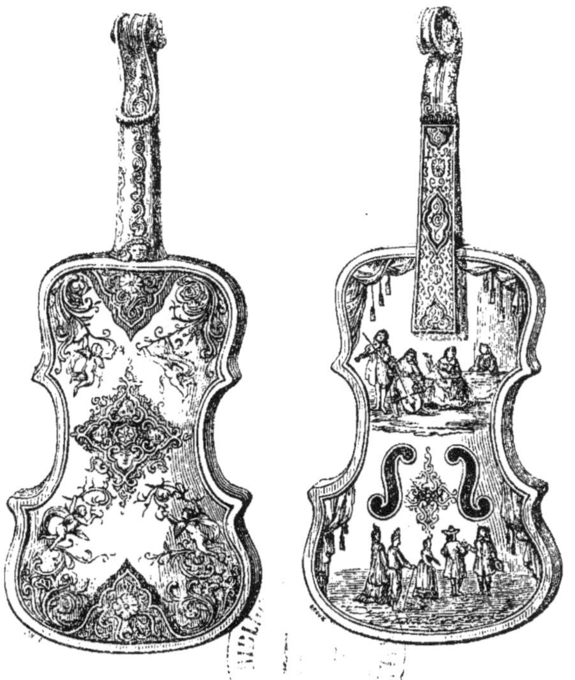

M⁏ CHARLES PILLET,
COMMISSAIRE-PRISEUR.
10, rue de la Grange-Batelière.

M⁏ CHARLES MANNHEIM,
EXPERT,
7, rue Saint-Georges.

—0—

CATALOGUE

DE

CENT-CINQUANTE NUMÉROS

DE LA

COLLECTION AUGUSTE DEMMIN

FAIENCES ANCIENNES PARMI LESQUELLES LE VIOLON DE FAIENCE

ARMES — BOIS SCULPTÉS

BRODERIES DU XVᵉ SIÈCLE — OBJETS DE CURIOSITÉS, ETC.

ET DONT LA VENTE AUX ENCHÈRES AURA LIEU

HOTEL DROUOT, SALLE Nº 5

Le Vendredi 12 Mars 1875

A DEUX HEURES PRÉCISES.

Par le ministère de Mᵉ CHARLES PILLET, Commissaire-Priseur,
10, rue de la Grange-Batelière,

Assisté de M. CHARLES MANNHEIM, Expert, 7, rue Saint-Georges,

Chez lesquels se trouve le présent Catalogue.

EXPOSITIONS { *PARTICULIÈRE* : Le Mercredi 10 Mars 1875,
{ *PUBLIQUE* : Le Jeudi 11 Mars 1875,

DE UNE HEURE A CINQ HEURES.

CONDITIONS DE LA VENTE

Elle sera faite au comptant.

Les acquéreurs payeront, en sus des adjudications, *cinq pour cent* applicables aux frais.

L'exposition mettant le public à même de se rendre compte de l'état des objets, il ne sera admis aucune réclamation une fois l'adjudication prononcée.

PARIS. — Imprimerie PILLET FILS AÎNÉ, rue des Grands-Augustins, 5.

Parmi les cent cinquante numéros que nous offrons en vente de
la collection de l'auteur du *Guide de l'amateur de faïences*, etc.,
de l'*Histoire de la céramique*, de celle de la peinture de l'école
allemande dans l'*Histoire des peintres*, des *Encyclopédies des
Beaux-arts plastiques*, de l'*Armurerie*, de la *Suisse*, etc.; il y a
plusieurs morceaux uniques, et d'autres que l'on ne rencontre
presque jamais. D'abord, le *violon de faïence* (n. 20), tant de
fois reproduit par la gravure et la photographie au cours de
nombreuses publications artistiques et archéologiques, telles
que le *Musée pittoresque*, les *Merveilles de l'industrie* par Figuier, l'*Histoire de la céramique*, etc., violon qui a même
fourni matière à une nouvelle et dont le pendant approchant
n'existe qu'au musée de Rouen où l'on chercherait en vain
une céramique locale de l'importance du numéro 11, sous le
rapport de la grandeur des personnages du sujet exécuté d'a-
près la composition d'Eisen et la gravure de Le Bas. Quant
au plat signé par *Antoine Conrade* (n. 6), le fondateur de la
première fabrique de faïence à *Nevers*, et qui porte, en outre
du monogramme et du chiffre, le millésime de 1633, il serait
superflu d'insister ici sur son importance pour l'histoire indus-
trielle en France, où la place de cette céramique est certes
marquée dans les musées; c'est l'unique pièce authentique datée, décorée en polychromie dans le genre des majoliques italiennes, que nous possédons de l'artiste Savonais établi à Nevers, et remontant à l'époque où il n'avait que vingt-neuf ans,
et venait d'entrer au service de la reine-mère. Pour ce qui
concerne les grands tableaux en faïence de Delft (n. 21-22),
peints en polychromie par *Maria van Leeuwenhoek*, ils pro-
viennent de la chambre même que la fille du célèbre naturaliste avait entièrement ornée de ses décorations céramiques;
ils forment le tiers des six grands sujets dont les murs de la
petite maison à Delft étaient revêtus. La *broderie italienne* du

quinzième siècle, de la salle du trône des ducs de Brunsvick, (n. 121, v. la gravure dans l'*Encyclopédie des Beaux-arts*), l'*Épée de Henri II* (n. 66), aux chiffres du roi répétés, le *plastron de brigantine*, de la fin du quatorzième siècle (n. 68), le *casque*, les *grèves* (si rare), les autres pièces de l'armure maximilienne, (n. 66 à 70) que l'on ne rencontre plus guère aujourd'hui que dans les musées; le *morion* de Chaffardin à la belle gravure (n. 76); aussi bien que les *étriers hispano-musulmans* ornés d'incrustations (n. 75); le *couteau* du douzième siècle (n. 57); et le buste sculpté par *Germain Pillon* (n. 102), sont tous des morceaux très-remarquables. Les amateurs de *poterie anglaise* y remarqueront en outre la curieuse *paire de flambeaux* (n. 43), de la fin du dix-septième siècle, où le potier a eu en vu d'imiter le genre rustique dit Bernard Palissy, tout en choisissant pour motif une chinoiserie. Sans vouloir mentionner ici les numéros de moindre importance dont plusieurs se recommandent cependant également sous les rapports archéologiques et artistiques, nous devons encore attirer l'attention des amateurs sur le plateau en bois peint du seizième siècle, lequel offre le buste de Charles-Quint (n. 123), et dont les seuls pendants connus se trouvent au musée de Heidelberg; sur le *médaillon en buis ciselé*, du seizième siècle (n. 104), sur la charmante paire de *couteaux et fourchettes montés en argent et à bustes en ambre sculpté*, de la même époque (n. 127); sur la *monnaie chinoise* de haute antiquité, (n. 55 *bis*), sur le *plateau en faïence suédoise* de Marieberg (n. 34), d'une si grande dimension, et enfin sur les premières épreuves de l'*écritoire* (n. 53), exécuté pour Napoléon Ier par Auguste Dupré, le célèbre graveur de la république et du premier empire.

DÉSIGNATION

FAIENCES ET TERRES CUITES

ITALIENNES

1 — **Carreau de revêtement**, de 16 cent., en faïence à émail stannifère du xvi⁰ siècle, provenant de la bibliothèque de *Sienne* et probablement d'une fabrique d'*Urbino*. Le décor représente des chimères, des grotesques, des dragons, des paons et des amours entrelacés d'arabesques et peints, sur fond noir, en jaune, blanc, brun, vert et bleu. (Voir p.

Nº 1.

462, 4⁰ édition, du *Guide de l'amateur de poteries*, etc., et la reproduction photographique dans *l'Histoire de la Céramique*.)

2 — **Coupe de fruits**, de 17 cent. de diam., en faïence à émail stannifère du xvi⁰ siècle. Elle est à fond bleu ornée de hauts-reliefs et de peinture en polychromie, d'oiseaux et de branchages.

3 — **Statuette en terre cuite, sans couverte**, 23 cent., réduction du célèbre *Faune endormi,* de grandeur presque naturelle et en bronze, probablement d'origine grecque, conservée au Musée de Naples, et provenant des fouilles d'Herculanum.

4 — **Statuette en terre cuite, sans couverte**, 23 cent., réduction du *Silène ivre,* du même Musée.

5 — **Statuette**, de 13 cent., en terre de pipe sous émail blanc.

FAIENCES FRANÇAISES

6 — **Plat creux**, de 34 cent., en faïence à émail stannifère de *Nevers,* de la *première période,* d'*Antoine Conrade,* fils de Dominique

N° 6.

Conrade et le fondateur de la première fabrique de faïence nivernaise. Le décor, peint sur le cru en bleu, jaune et vert dans le genre des majoliques italiennes, consiste en ornements de style Renaissance ; il est composé de sphinx ou chimères et de têtes grotesques sur les bords, et au milieu d'un sujet de quatre figures sur fond de paysage, copie de la *Sainte famille* de Raphaël. Dans un des ornements du marli, se trouve le millésime de 1633. Cette poterie est marquée sous le pied du monogramme et du chiffre d'Antoine Conrade, qui, né en 1604, servit comme gentilhomme et gendarme la reine-mère, fut en même temps *maître potier*, et mourut en 1670, laissant un fils du nom de Dominique. (Voir p. 615, 4e édition, du *Guide de l'amateur de poteries*, etc., et la reproduction photographique dans l'*Histoire de la Céramique*.)

7 — Carreau de pavage de 11 cent. sur 19 cent., encadré, en faïence à émail stannifère de *Nevers*, de la *seconde période*, décoré d'ornements et d'oiseaux en blanc et jaune fixes sur bleu de Perse (lapis), dans le goût de la renaissance italienne. Il provient du palais des ducs de Nivernais à

N° 7.

Nevers et a été fabriqué sous le règne de Louis XIV. (Voir la reproduction photographique dans l'*Histoire de la Céramique*.)

8 — Cuvette ovale à pieds bordés, de 13 cent. sur 26 cent., en faïence à émail stannifère de *Nevers*, de la *seconde période* et du XVIIe siècle, décoré d'ornements et de fleurs en jaune citron, orange et blanc fixés sur

N° 8,

fond bleu de Perse (lapis). (Voir la reproduction photographique dans l'*Histoire de la Céramique*.)

9 — **Coupe basse sans pied**, de 18 cent. de diam., en faïence à émail stannifère de *Nevers*, de la *seconde période* ou du XVIIe siècle. Le décor consiste en taches blanches irrégulières, genre tigré, sur fond bleu de Perse.

10 — **Médaillon**, de 15 cent. de grandeur et encadré, en faïence à émail stannifère de *Nevers*. Il appartient à la *première période*, et offre dans un décor camaïeu bleu sur fond blanc des figures et des sujets architectoniques.

11 — **Grand plateau octogone**, de 50 sur 62 cent., en faïence à émail stannifère et en décor polychrome au grand feu, sur fond bleu, de *Rouen*. Une bordure d'ornements rocaillés, entremêlés d'oiseaux, de feuillages et de branches en vert, jaune, bleu, violet et rouge, encadre le sujet, groupe composé de quatre personnages, trois hommes et une dame, de 25 cent. de hauteur chaque, en costumes du temps de Louis XV, qui jouent au trictrac sur une boîte à jeu posée sur leurs genoux. Ce sujet est tiré de la gravure de F. P. Le Bas, composition de C. Eisen, qui porte la suscription : *Le Tric-Trac.* (Voir la reproduction photographique du plateau dans l'*Histoire de la Céramique.*)

N° 11.

12 — **Seau à fleurs,** de 20 cent. de diam., en faïence à émail stannifère de *Rouen* de la fin du xviie siècle. Le décor en camaïeu bleu sur fond blanc offre des ornements lambrequinés, probablement pris dans les gravures de Leclerc (1637-1704).

13 — **Bordure ou cadre rocaillé**, de 51 sur 65 cent. de grandeur, en faïence à émail stannifère de *Marseille*, du commencement du xviiie siècle. Elle encadre un tableau religieux et son décor, en polychromie au feu de réverbère sur fond blanc, montre à la partie inférieure un cartel tenu par deux lions, dont le sujet représente saint Michel terrassant le dragon. Pièce rare qui peut servir de cadre de miroir.

N° 13.

14 — **Assiette à bords festonnés,** de 25 cent. de diam.,

en faïence à émail stannifère de *Marseille*. Le décor vert sur fond blanc, cuit au réverbère, est rocaillé et indique, par sa nuance, qu'il provient de la fabrique de *Savy*, de 1745, faïencier récompensé en 1777 d'un brevet royal. (Voir la reproduction photographique dans l'*Histoire de la Céramique*.)

15 — **Jardinière**, de 21 cent. de longueur, en faïence à émail stannifère du xviiie siècle, style Louis XVI. Elle provient, soit de *Sceau-Penthièvre*, soit de Lunéville, localités où ont travaillé les mêmes artistes peintres. Le décor en polychromie au feu de réverbère, représente trois charmants paysages esquissés par les mains d'un habile artiste. Le plus grand de ces sujets est animé par deux personnages et un chien. (Voir p. 687, 4e édition, du *Guide de l'amateur de poteries*.)

16 — **Paire de salières**, de 9 cent. de largeur, style Louis XVI, en ancienne faïence française et émail stannifère du xviiie siècle, sans décor.

17 — **Statuette**, de 23 cent. de hauteur, en terre cuite sous vernis minéral et décorée en brun, jaune et vert, du xviiie siècle probablement d'une fabrique normande et dans le genre des poteries attribuées à Palissy. Elle représente *le roi Louis XVI, jeune homme encore* et en costume de fantaisie. (Voir la reproduction photographique dans l'*Histoire de la Céramique*.)

18 — **Plaque de coucou-horloge**, de 28 cent. de hauteur, en terre de pipe vernissée et ombrante, couleur chocolat au lait, style Louis XV, rocaillé, à anges et couples dansants, de *Rubells*.

19 — **Assiette**, de 24 cent. de diam., en faïence à émail stannifère peint sur le cru en camaïeu bleu sur fond blanc, par *Hippolyte Pinart* à Paris (né à Lille en 1808, mort à Paris en 1871, le rénovateur de la peinture céramique sur le cru). Le sujet représente *la Vierge avec l'Enfant Jésus*, d'après Ludovico Carracci. Cette pièce,

qui figure sous le numéro 46 du catalogue de l'œuvre de ce même artiste, p. 805, 4ᵉ édition, dans le *Guide de l'amateur de poteries* où se trouve aussi sa biographie, est signée en toutes lettres : *Peinte sur émail cru par Hippolyte Pinart, d'après Louis Carrache. Paris, 1862, au seul grand feu.* En outre à côté de la Vierge, le monogramme composé de C P réunis.

FAIENCES HOLLANDAISES

20 — **Violon de faïence**, de 23 sur 58 cent., en faïence à

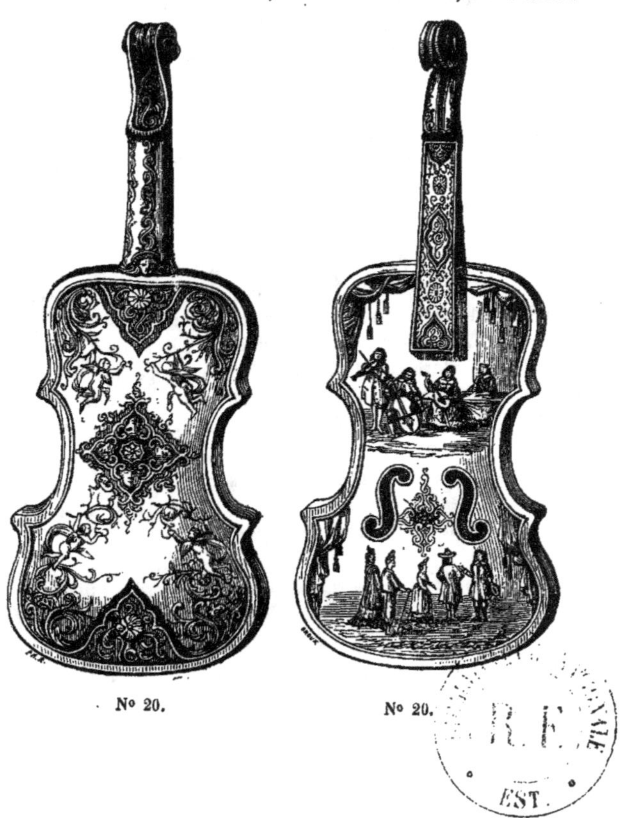

Nᵒ 20.   Nᵒ 20.

émail stannifère de *Delft*[1]. Le décor peint sur le cru, en camaïeu bleu, consiste dans une infinité d'ornements de grande finesse; on voit en outre, sur le dessus, des personnages en costumes de la fin du règne de Louis XIII, dont la mise est un intéressant spécimen des modes hollandaises de l'époque. Trois personnages jouent de divers instruments à cordes, cinq autres dansent le menuet. La manière du dessin rappelle cependant celles des tableaux et gravures de Gérard de Lairesse, né à Liége en 1640, mort à Amsterdam en 1711. (V. l'*Encyclopédie céramique ou Guide artistique de l'amateur de poteries*, etc., ainsi que, p. 1191, l'*Encyclopédie des Beaux-arts plastiques*; le *Magasin pittoresque*, p. 319 de l'année 1874; les *Merveilles de l'Industrie* par Figuier, etc., où cette céramique a été reproduite et décrite.)

21 — **Grand tableau,** de 113 sur 126 cent., composé de 72 carreaux en faïence à émail stannifère de *Delft*, décor en polychromie par *Maria van Leeuwenhoek*, fille du naturaliste et physicien Leeuwenhoek (1632-1732), célèbre par ses recherches sur le sang humain, et enterré dans la nouvelle église de Sainte-Ursule à Delft, où l'on voit son monument funéraire. Le peintre a exécuté ce décor pour orner sa propre maison (231, wgk 5, Raom, à Delft). Le sujet, composé de quatre personnages et d'un mulet, sur fond de paysage, représente le *Bon Samaritain* avec l'inscription *Lukas* 10 *neis* 30 *lit.* 6 (St Luc). La bordure rocaillée, verte, jaune et rouge, est fort belle de tons et remarquable par son rouge. Ce tableau est encadré et doublé de parquetage en chêne.

22 — **Autre grand tableau,** de 74 sur 112 cent., composé de 40 carreaux; même provenance et même genre que le numéro précédent. Le décor en polychromie représente un paysage, marine,

[1]. Il n'en existe que quatre, selon la légende, œuvres de maîtrise faite à l'occasion d'un *concours de mariage*. (V. l'*Encyclopédie céramique, ou Guide de l'amateur de Poteries*, etc.; 4e édition, p. 60.) L'une de ces pièces rarissimes se trouve au musée de Rouen et provient de la collection Sauvageot. Les deux autres, à la collection van Romonth, à Utrecht, et au musée du Conservatoire de musique à Paris, sont d'un décor moins artistique et défectueux.

avec de nombreux vaisseaux et bateaux. La bordure est formée de fleurs, espèce de grands dalhias chinois, entrelacées sur fond rechampi de rouge. Ce tableau est également encadré et doublé d'un parquetage en bois de chêne, qui rend le transport facile et sans risque de casse. (V. plusieurs reproductions photographiques de ces tableaux dans l'*Histoire de la Céramique.*)

23 — Petite jardinière à anse, de 14 cent. de diam., en faïence à émail stannifère de *Delft*, du xviie siècle, décorée richement d'ornements lambrequinés en camaïeu bleu sur fond blanc.

24 — Théière à couvercle, de 18 sur 20 cent., en faïence à émail stannifère de *Delft*, du xviie siècle. Elle est décorée en polychromie au grand feu, d'ornements, de fleurs, de branchages et d'oiseaux. L'anse mobile en ivoire sculpté et qui imite un tronc d'arbre, est attachée au corps de la théière avec des bronzes ciselés, ornés de deux têtes grotesques ; sous le pied les initiales : D. V. T.

25 — Théière octogone, de 15 cent. de hauteur, en faïence à émail stannifère de *Delft*, du xviie siècle. Le décor en polychromie au grand feu se signale par ses beaux rouges de fer et il est signé sous le pied par le monogramme composé d'A. P. et K.

26 — Plaque carrée, de 14 sur 18 cent., en faïence à émail stannifère de *Delft*, du xviie siècle, décorée sur le cru, en camaïeu bleu, d'une *vue de village hollandais, traversé par un canal et animé de figures.* Cette plaque est marquée G. *V. M.* ; elle est encadrée dans une bordure noire non guillochée.

27 — Médaillon rond, de 18 cent., en faïence à émail stannifère de *Delft*, décoré en polychromie et au grand feu, d'une corbeille de fleurs et d'une bordure lambrequinée. Le décor est remarquable par ses beaux jaune, bleu et rouge de fer.

28 — Perroquet, de 18 cent., en faïence à émail stannifère de *Delft*, du xviie siècle. Il est décoré au grand feu en polychromie et appartient à la meilleure période de la fabrication de cette localité.

29 — Plat rond, de 34 cent., en faïence à émail stannifère de *Delft*, de la fin du xvie ou du commencement du xviie siècle. Il est décoré en polychromie, au grand feu, d'un sujet chinois de quatre personnages devant un kiosque. Parmi les couleurs se distingue un beau rouge de fer. Les bords, recouverts de fleurs et de feuillages rehaussé eu noir, offrent en outre six cartels à bouquets.

30 — Plat rond, de 32 cent., faïence à émail stannifère de *Delft*, décoré au fond en polychromie, d'une armoirie, avec l'inscription *A. V. D'Burg* 1500. Les bords montrent des fleurs et des branchages peints en camaïeu bleu sur fond blanc.

31 — Assiette, de 26 cent. de diam., en faïence à émail stannifère de *Delft*, du xviie siècle, décorée richement au grand feu et en polychromie, de fleurs et d'ornements où le rouge de fer est remarquable par ses glacés. Très-belle pièce.

32 — Assiette creuse, de 22 cent. de diam., en faïence à émail stannifère de *Delft*, du xviie siècle, décorée au grand feu, dans le style chinois, d'arbres, de fleurs, de papillons, en polychromie. Les rouges ont été obtenus par le fer.

33 — Potiche, de 20 cent. de hauteur, en faïence à émail stannifère de *Delft*, du xviie siècle. Le décor en polychromie sur fond blanc imite celui de certaines poteries *persanes*. Pièce rare.

FAIENCE SUÉDOISE

34 — Grand plateau creux, dessus de table à jeu, de 60 sur 80 cent., en faïence à émail stannifère de *Marieberg*, du xviiie siècle; il provient du musée Hammer de Stockholm et offre un décor en camaïeu rose sur fond blanc. Sur les bords, des faisceaux de baguettes noués avec des faveurs; au fond la vue de *Haga*, château royal près de Stockholm. (Voir p. 990, tome II, 4e édition, du *Guide de l'amateur de poteries*, et la reproduction photographique d'un semblable plateau dans l'*Histoire de la Céramique*.)

POTERIES ALLEMANDES

35 — **Écritoire**, de 20 cent., en terre émaillée du xve siècle, représentant un animal fantastique.

36 — **Petit poële sur cinq pieds tournés**, de 24 cent., en terre cuite sous vernis minéral vert (oxide de cuivre) de Nuremberg, du xvie siècle. Les bas-reliefs dont il est recouvert consistent en moulures, ornements et trois vases de fleurs. A l'époque où ces petits poêles, aujourd'hui devenus rares, ont été fabriqués, ils servaient de modèles dans les vitrines des maîtres poêliers.

37 — **Bas-relief à sujet double**, de 30 sur 35 cent., encadré dans une bordure en bois de deux couleurs. C'est de la terre cuite sous émail stannifère et sous vernis minéral vert, jaune, bleu et blanc de *Nuremberg*, du xvie siècle, dont les sujets représentent *un Saint et une Sainte en prière*, sous des arcades à plein cintre et à fond de paysage.

38 — **Canette conique à anse**, de 23 cent., en grès céramique gris blanc à glaçure alcaline, de *Siegburg* (ville rhénane), du xvie siècle. Cette poterie est couverte de bas-reliefs composés d'ornements, d'armoiries, de personnages et d'une inscription en bas allemand avec millésime :
Koning Artus 1558. — *Kaiser Constantin.* — *Hector von Troie.*

39 — **Canette conique à anse**, de 27 cent., même espèce, même genre, même époque et même provenance que le numéro précédent.

40 — **Petit pot**, de 8 cent. de hauteur, en grès brun de *Creussen*, du commencement du xviie siècle. Il est à couvercle d'étain, orné

de mascarons, de chaînes et d'un cuir, le tout en bas-relief. Pièce excessivement rare pour la petitesse de sa taille.

41 — **Carreau en terre cuite**, à émail stannifère et sans vernis, 20 sur 30 cent., de la fabrique de *Feilner*, de Berlin; le bas-relief représente Joachim I, *surnommé le Nestor*.

POTERIES ANGLAISES

42 — **Paire de flambeaux cannelés**, style Louis XVI, de 22 cent. de hauteur, en terre de pipe sous émail stannifère, fabrication ancienne de *Wedgwood* à *Astbury*; ils sont décorés en camaïeu bleu sur fond blanc et marqués en creux dans le pied:

    * WEDGWOOD

43 — **Paire de flambeaux**, de 28 cent. de hauteur, en terre de pipe sous émail stannifère, dans le genre des poteries dites de Bernard Palissy, et qui remontent probablement vers la fin du XVIIe siècle. Ces pièces, très-intéressantes pour l'histoire de l'art industriel en Angleterre, représentent des Chinois sur des rochers, avec fleurs, plantes, coquilles, oiseaux, et le tout décoré en polychromie.

N° 42.

* Le Musée Britannique possède un plat de ce genre de fabrication, qui porte

FAIENCE D'ORIGINE INCONNUE

44 — Plat octogone, en faïence à émail stannifère de la fin du xviie siècle, décor en camaïeu bleu sur fond blanc; il est lambrequiné sur les bords, avec rosace au centre.

PORCELAINES

45 — Crosse de canne, de 12 cent. de longueur, représentant une chimère (amour à double queue de poisson), en vieille porcelaine à pâte dure de *Saxe,* décor ivoire.

45 *bis*. — Ravier forme bateau, de 26 cent. de longueur, en porcelaine à pâte tendre de Chantilly (1735), marqué du cor de chasse à côté d'un B., en rouge sous l'émail. Le décor en rouge et or, style chinois, consiste en dragons, etc.

46 — Cornet, de 11 cent. de hauteur, en porcelaine anglaise de *Bow-Chelsea.* Il est à côtes, sans décor, et orné à l'entour d'une guirlande en haut-relief et ronde-bosse très-finement modelé. On voit sous le pied, en creux dans la pâte, l'estampille : C. B. Pièce et marque de la plus grande rareté, qui a été aussi reproduite dans l'*Histoire de la Céramique.*

47 — Vase ovoïde, de 16 cent. de hauteur, en porcelaine à pâte tendre de *Worcester,* du xviiie siècle, de la fabrique *Chamberlain.* Il est décoré en polychromie, de plumes d'oiseaux d'une extrême finesse d'exécution, et on y lit sous le pied: *Chamberlain, Worcester manufacturers to Heir Royal Hignesses the Prince of Wales and Duke of Cumberland.*

48 — Plat octogone en vieux Chine.

les initiales : I. F. C., avec les armes de Londres et celles de la compagnie de Pewterer avec la date de 1659. Un autre plat du même potier est daté de 1660. Le genre des poteries dits de Palissy a été fabriqué en outre vers 1760, à Caughley, près Brodsley (Schropshire).

VERRE

49 — Flacon qui représente un ours muselé, de 30 cent. de hauteur ; verre de *Bohême* du xviie siècle.

50 — Souris et branche de lustre, deux objets en verre de Venise du xvie siècle.

51 — Corbeille et **buire**, deux objets en ancien verre de Bohême.

52 — Verre de Venise mousseline, garni d'émaux bleu et noir.

GRAVURES EN MÉDAILLES

53 — Première épreuve, de 10 sur 4 cent. et demi, de l'un des bas-reliefs : *la toilette de Vénus*, gravé par *Auguste Dupré* (gr. de la république et du premier empire, né à Saint-Etienne en 1748, mort à Armentière en 1833), pour l'écritoire en argent offerte par Napoléon 1er à l'impératrice Marie-Louise.

54 — Pendant du numéro précédent, *la Naissance*.

Les numéros 38 et 39, pièces très-intéressantes pour l'histoire de la gravure en France, seront vendus ensemble.

55 — Médaillon ovale, de 8 cent. de largeur, en cristal, avec la *tête de Jupiter*.

55 *bis* — Monnaie chinoise en bronze, de l'an 700 avant Jésus-Christ ; pièce très-rare dont le pendant se trouve au Cabinet national des Médailles, à Paris.

ARMES & AUTRES OUVRAGES EN FER

56 — **Scramasax**, ou épée tranchant d'un seul côté, forme hachette, de 45 cent. de longueur; *arme franque* du IIIe siècle de l'ère actuelle. (V. la gravure, p. 167 de l'*Encyclopédie de l'armurerie.*)

57 — **Ancien poignard**, transformé plus tard en couteau, de 13 cent. de longueur, du XIIe siècle. Le manche offre des bas-reliefs de style roman, sculptés sur ivoire dans le sentiment de l'époque, et qui représentent des figures allégoriques.

58 — **Poignard** du XIIIe siècle.

59 — **Poignée d'épée** du XVe siècle.

60 — **Épée**, de 90 cent. de longueur, dit langue de bœuf; à quillons à pas-d'âne et contre-garde. Elle appartient au XVe siècle. (V. la gravure p. 401 de l'*Encyclopédie de l'armurerie.*)

61 — **Épée espagnole**, de 1 m. 10 cent. de longueur. Elle appartient à la fin du XVe et au commencement du XVIe siècle, comme l'indique le caractère des figures grotesques, genre arabe, qui ornent une des demi-coquilles sous lesquelles se trouve la soie, dont le peu de largeur indique une main peu forte. Les quillons sont droits et très-longs, et la lame porte l'estampille d'un armurier de Tolède.

62 — **Sabre indien**, de 1 m. de longueur; du XVIe siècle. La soie sans fusée, le talon, la poignée à long pommeau, la garde et l'écusson ornementé paraissent ne faire qu'une pièce avec la lame. (V. la gravure, p. 411 de l'*Encyclopédie de l'armurerie.*)

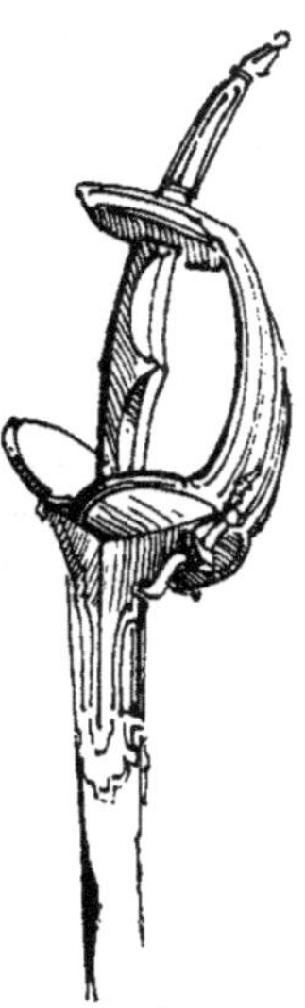

N° 62.

63 — **Épée indienne**, à large lame à évidement.

64 — **Dague italienne**, de 35 cent., du commencement du xvi° siècle, à lame percée à jour sur toute la longueur de ses trois évidements.

65 — **Fourreau de poignard**, de 11 cent., travail italien en fer repoussé et ciselé du xvi° siècle, qui offre des ornements et des chevaliers en armures.

66 — **Épée à estoc**, de 122 cent. de longueur, dont la lame effilée, dans le genre de celles des fleurets, à quatre tranchants. Cette épée, de travail *français* ou italien, a appartenu au roi Henri II, dont elle porte les chiffres répétés. Le pommeau percé à jour offre des entrelacements, et l'écusson un *H* placé dans un creux ; les quillons recourbés sur la pointe ainsi que la garde, portent également le chiffre *H*. Elle est garnie de contre-garde et de pas-d'âne, et se rapproche pour sa forme, la longueur de la lame et les chiffres, à celle jadis exposée au musée des souverains, au Louvre. (V. p. 406 de l'*Encyclopédie de l'armurerie*, et p. 1666 de l'*Encyclopédie des beaux-arts plastiques*.)

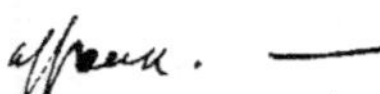

67 — **Dague indienne ancienne**, à large lame évidée, et à poignée d'ivoire ; celle-ci, comme le fourreau, est ornée de fer incrusté.

N° 66.

68 — **Plastron de brigantine italienne**, de la fin du xiv° siècle ; pièce de la plus grande rareté, par rapport aux formes de ses plaquettes.

69 — **Casque à timbre bombé et cannelé**, en fer martelé d'une armure cannelée gothique, dite maximilienne, de la fin du xv° siècle ; mesail à vue et à ventail mobile à pivot et à mentonnière. Pièce d'une belle conservation et très-rare aujourd'hui.

70 — Paire de grèves avec leurs solerets ou pédieux, faisant partie de l'armure dont le numéro précédent représente le casque. Elles sont richement cannelées, et à articulations à bouts découpées. *Ces pièces sont aujourd'hui les plus difficiles à trouver* pour la composition d'une armure de cette époque, puisque les grèves d'une armure étaient les premières usées. La plupart de ces pièces même des armures conservées aux musées, sont refaites.

71 — Paire d'épaulières avec leurs garde-bras et passe-gardes cannelés; ils font partie de l'armure maximilienne à laquelle appartiennent les numéros précédents.

72 — Paire de cubitières et partie de brassards cannelés; ceux-ci font également partie l'armure précédente.

73 — Paire de gantelets cannelés, de la même armure.

P. S. Les numéros 69, 70, 71, 72 et 73, seront vendus ensemble s'il y a acheteur au prix demandé.

74 — Brassard avec sa cubitière, gravé à la pointe et percé à jour; travail italien du xvıᵉ siècle.

75 — Paire d'étriers hispano-musulmans, de 20 cent. de longueur, du xvᵉ siècle. Ils sont recouverts d'incrustations d'or et d'argent.

76 — Morion, de 35 cent. de hauteur. Cette arme, de travail *italien* du xvıᵉ siècle, est recouverte de gravures à la pointe, et garnie de clous dorés; elle a appartenu au capitaine Branaulien Chaffardin, chef des troupes sardes, tué en 1602 sous les murs de Genève, où ce casque figurait jadis dans

N°76.

l'arsenal. Pièce capitale. (V. p. 294 de l'*Encyclopédie de l'armurerie*, et p. 1663 de celle des *Beaux-arts plastiques*.)

77 — **Morion,** du xvi⁶ siècle, à fleurs de lis repoussées. (Id,, p. 1663.)

78 — **Cabasset,** martelé dans un seul morceau de fer très-épais, et gravé à la pointe d'ornements et de figures; xvi⁶ siècle. Pièce peu commune pour ce qui concerne ce genre de fabrication.

79 — **Deux éperons,** l'un du xᵉ siècle, à un seul dard fixe, l'autre à molette, du commencement du xvᵉ siècle.

80 — **Deux éperons,** l'un persan, à dard fixe, du xvᵉ siècle; l'autre du règne de Louis XV. (V. n. 384 au Musée d'artillerie.)

81 — **Branche de mors de tournois,** de la fin du xvᵉ siècle.

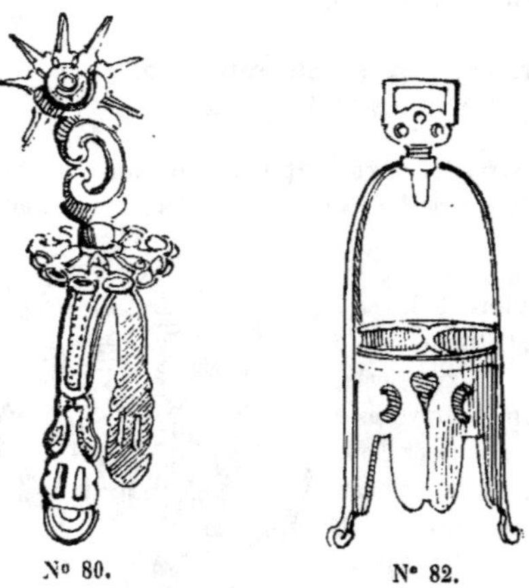

Nº 80.   Nº 82.

82 — **Deux étriers,** du xvi⁶ siècle, provenant de la collection Victor Simon.

83 — **Corbin à poudre** dit saxon, de 30 cent., de la fin du
xvₑ siècle. La corne, blonde, est ornée d'une
belle gravure représentant quatre troupiers
dans un paysage : fifre, tambour, arquebusier,
un porte-drapeau, en costumes qui indiquent
le règne de Henri IV.

84 — **Corbin à poudre**, semblable au
précédent. Ici les gravures représentent des
ornements.

85 — **Corbin à poudre**, semblable aux
deux numéros précédents. La gravure représente un *cavalier combattant le dragon*.

86 — **Pistolet à rouet**, de 25 cent., du
xviᶜ siècle, entièrement en fer; pièce très-in-
téressante pour l'histoire des armes à cause
de sa petite taille.

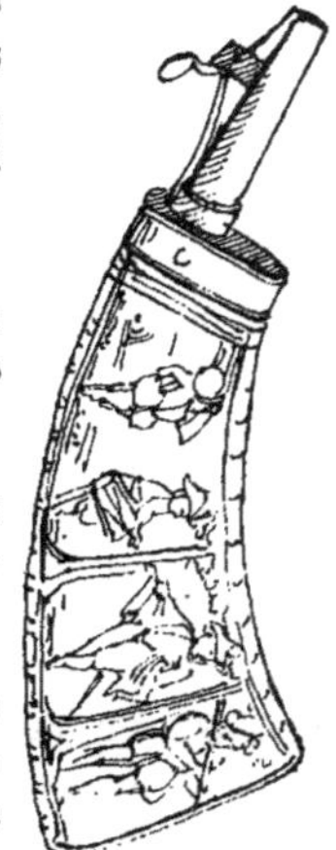

N° 83.

87 — **Deux ferrures de porte arabe**, du xiiiᵉ siècle.

88 — **Quatre ferrures italiennes à têtes d'hommes**, du
xviᵉ siècle.

89 — **Deux petites grilles**, de 17 cent. carrés ; de style gothique, et provenant de la porte d'un couvent.

90 — **Briquet à batterie à rouet**, travail italien en fer ciselé et damasquiné, du xviᵉ siècle. Pièce charmante et rare.

91 — **Lampe en fer martelé**, de 10 sur 12 cent.; travail
italien du xviᵉ siècle, sur lequel on lit :

W. MUVINOPORE.

92 — **Cuillère ronde**, de la fin du xvᵉ siècle.

BRONZES, ETC.

93 — **Statuette**, de 21 cent., du xvie siècle ; elle représente un *homme sauvage armé d'une massue et d'un bouclier.* C'est cette statuette qui, chose plaisante, a été reproduite en gravure dans l'ouvrage de Kirchner, publié en 1853, à Neustrelitz, comme représentant une divinité des anciens *Germains.* (V. p. 1374, n. 5, gravure et note.)

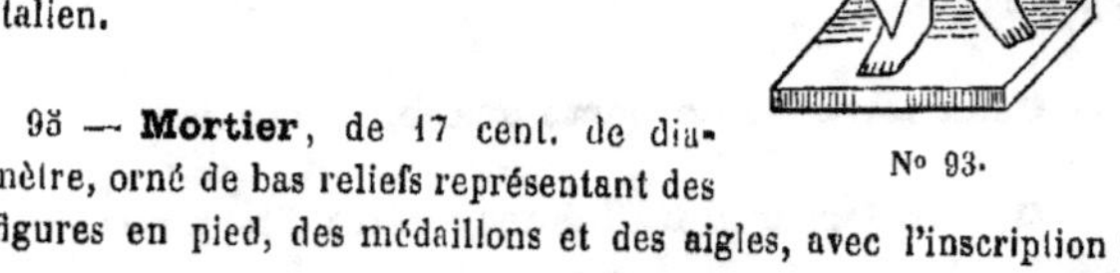

N° 93.

94 — **Plaque**, de 16 sur 18 cent., en cuivre rouge repoussé, dont le sujet représente *Jupiter foudroyant Phaéton* ; travail italien.

95 — **Mortier**, de 17 cent. de diamètre, orné de bas reliefs représentant des figures en pied, des médaillons et des aigles, avec l'inscription :

L. MESSAGER M. PRIEUR. 1680.

96 — **Plaque carrée d'estampe**, de 10 sur 12 cent. La gravure, un paysage de l'école hollandaise, est signée : *L. Staffyn. fecit.*

97 — **Statuette**, de 22 cent., en fer bronzé, représentant *Laurens Coster*, de Harlem, un des coryphées de *l'imprimerie.*

PLOMBS

98 — Grande plaque carrée, de 27 sur 36 cent., du XVIe siècle. Le bas-relief représente *la Crèche* ; l'exécution montre, dans le jeu des muscles des hommes, une grande fougue d'artiste qui rappelle le faire de Michel-Ange.

99 — Plaque, de 13 cent. de hauteur, du XVIe siècle ; dont le bas-relief représente le Portement de croix.

100 — Plaque carrée, de 7 sur 10 cent. de grandeur, du XVIIe siècle ; travail flamand : Saint Pierre.

101 — Médaillon, de 8 cent. de diamètre. Le sujet est entouré d'une légende :
BS TUSUM. TENEIS.
TEMPUS. ME. EDUCIT.
IN. AURAS. H. A,

N° 98.

BOIS SCULPTÉS

102 — **Buste**, grandeur naturelle (52 cent. de hauteur), de saint Jean l'évangéliste, par *Germain Pillon* (1515-1590), de qui le musée du Louvre possède les *Quatre Vertus*, également en bois. (V., p. 1795, la gravure et la note, dans l'*Encyclopédie des Beaux-arts plastiques*.)

N° 102.

103 — **Médaillon**, de 4 cent. de diamètre, ciselure sur bois du xvi⁰ siècle. L'avers représente en haut-relief les armes des comtes de Lippi, avec l'exergue M. L. C. C. I. V. ; le revers montre le buste d'une femme dans un cuir enroulé. Pièce d'une très-fine

et artistique exécution. (V. p. 1865. n°s 3 et 4 de l'*Encyclopédie des Beaux-Arts plastiques*, gravure et notice.)

No 103.

104 — Lustre dit chimère, de 46 cent., en bois sculpté et bois de cerf, représentant une femme - chimère, du xvie siècle, époque où ces lustres, garnis de bibelots en fer, étaient fort en usage dans les châteaux de chasse.

105 -- Buste d'une reine de France, de 30 cent., sculpté en bois tendre et peint en polychromie. OEuvre française du xve siècle.

106 — Quatre panneaux en chêne sculpté, style gothique de la fin du xve siècle, travail normand, formant garniture de bahut.

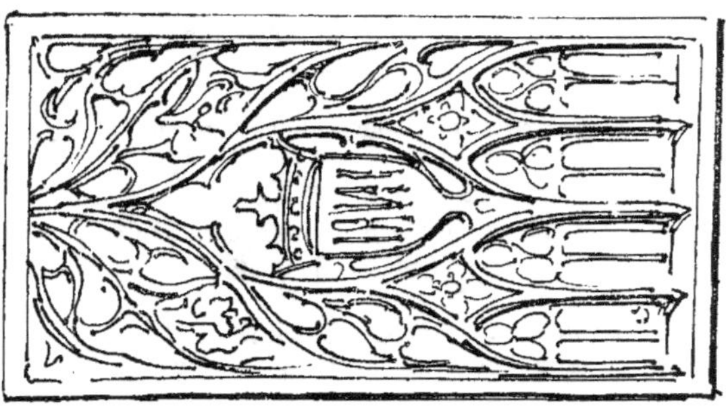

107 — **Trois panneaux** en chêne sculpté, style gothique de la fin du xv⁰ siècle, travail normand, formant garniture de bahut.

108 — **Trois panneaux** en chêne sculpté, style gothique de la fin du xv⁰ siècle, travail normand, formant garniture de bahut.

109 — **Trois panneaux** en chêne sculpté, style gothique de la fin du xv⁰ siècle, travail normand, formant garniture de bahut.

110 — **Quatre panneaux** en chêne sculpté, style gothique de la fin du xv⁰ siècle, travail normand, formant garniture de bahut.

111 — **Deux panneaux** en chêne sculpté, style gothique de la fin du xv⁰ siècle, travail normand, formant garniture de bahut.

112 — **Quatre panneaux** en chêne sculpté, style gothique de la fin du xv⁰ siècle, travail normand, formant garniture de bahut.

113 — **Quatre panneaux** en chêne sculpté, style gothique du xvi⁰ siècle, travail normand, formant garniture de bahut.

114 — **Cinq panneaux** en chêne sculpté, du xvi⁰ siècle, style de la Renaissance, travail normand, formant garniture de bahut.

115 — **Onze pièces** en chêne sculpté, du xvi⁰ siècle, style Renaissance, travail normand, formant garniture de bahut.

116 — **Panneau**, de 24 sur 54 cent., en chêne sculpté; travail normand du xvi⁰ siècle, dont le bas-relief représente une figure allégorique traîné dans un char.

117 — **Cinq panneaux** en chêne sculpté, de styles différents.

118 — **Sceau ou estampille**, de 50 mill., travail français, qui représente en relief une armoirie à trois fleurs de lis surmontée de la couronne des ducs de Condé et de Conti.

119 — **Deux pions de damier.** Types : *Jean II roi de Pologne,* et *Stanislas I*er ; revers : Villes de *Vienne* et de *Namur.*

120 — **Deux pions de damier.** Types : *Stanislas Ier* ; revers, ville de *Namur* et *lion couché gardant le Rhin.*

BRODERIE

121 — **Grande broderie**, de plus de 2 mètres carrés, à l'aiguille, en soie, fil et or, appliqué d'une manière particulière sur velours grenat ; travail d'artistes italiens de la fin du xv° siècle, d'un style magistral. Le cavalier aux deux tiers de la grandeur naturelle, doit représenter le roi David ; le costume et l'armement sont ceux de l'époque indiquée. Cette tenture, d'un très-grand caractère, indique le travail exécuté d'après le carton d'un maître, elle provient de la salle de trône de l'ancienne résidence des ducs de Brunswick. (V. gravure et notice, p. 2058, de l'*Encyclopédie des Beaux-arts plastiques*, et la reproduction placée ici à la page suivante.)

OBJETS DIVERS

122 — **Tableau sur panneau**, de 30 sur 45 cent. de grandeur, représentant *sainte Cécile* (vierge martyre ; selon Fortunat de Poitiers, vivait en Sicile et mourut entre 1161 et 1230). On y lit l'inscription suivante :

En este forme a esté trouvé le corps de sainte Cécile dans un coffre de bois sous le grand autel de l'église dédiée à son honneur à Rome. XXme oct. 1500.

123 — **Plat rond en bois**, de 37 cent. de diam., du xvi° siècle. Il est orné de peintures qui représentent sur les bords quatre armoiries et autant de têtes d'anges et d'arabesques sur fond rouge, tandis que le fond montre le buste de Charles-Quint, avec l'inscription :

CAROLUS. ROMA. IMPE. QUINTUS.

Ce plat et les trois autres conservés au musée de Heidelberg, représentent les seules pièces de ce genre que nous connaissions.

No 121.

124 — Dinde d'Amérique, de 10 cent. de hauteur, sculpture sur ambre du xvı° siècle.

124 *bis* — Flambeau, de 11 cent., sculpture sur ambre. Le pied est entouré d'un émail bleu garni de gouttelettes blanches cerclées d'or. Nᵒˢ 124 et 124 *bis* seront vendus ensemble.

125 — Buste d'homme, de 9 cent., modelage en cire rouge; travail italien du xvı° siècle.

126 — Paire de médaillons, de 12 cent. de diam., bas-relief en marbre, représentant le *Christ* et la *Vierge,* travail italien du xvı siècle; ils sont appliqués sur ardoise.

127 — Couteau et fourchette de table, de 18 cent. de longueur, du xvı° siècle; la monture est en argent, et les manches, en ambre sculpté, offrent des bustes en ronde-bosse avec inscriptions. Charmantes petites pièces devenues très-rares.

128 — Éléphant attaqué par un lion, de 6 cent. de grandeur, petite sculpture *indienne* sur ivoire, d'une origine fort ancienne.

129 — Christ, de 22 cent., sculpture *française* sur ivoire, du xvı° siècle.

130 — Vierge avec l'enfant Jésus, de 17 cent., sculpture *flamande* sur ivoire, du xvıı° siècle.

131 — Plaquette carrée, de 6 sur 8 cent., sculpture *française* sur ivoire, du xvıı° siècle; le sujet, en bas-relief, représente des armoiries soutenues par deux levrettes.

132 — Éventail ancien, en ivoire, garni de paillettes.

133 — Tabatière, sculptée à jour sur coco, et le couvercle d'une autre tabatière ronde avec peinture en grisaille.

134 — Cilice en fil de cuivre, de 135 mill. de largeur; ceinture de mortification, du xviie siècle, provenant d'un couvent d'Augsbourg.

135 — Petite sculpture en coco, de 5 cent., travail *flamand,* du xviie siècle; le bas-relief représente des soldats au bivouac.

136 — Deux petits émaux, sur base de métal, travail *français* du xviiie siècle.

137 — Bonbonnière ronde, de 6 cent., en cuivre doré et ciselé, orné de laques noirs, ancien travail *japonais.*

137 bis. Boule suspension, de 33 cent., travail chinois.

138 — Plaque en verre, de 14 sur 11 cent., avec application d'une feuille d'argent gravée à la pointe où le sujet représente deux anges avec encensoirs, travail italien du xvie siècle. (Voir, p. 1335, l'*Encyclopédie céramique,* et l'article sur les *Verres et Cristaux à gravure sur feuilles d'or,* etc.)

139 — Fragment d'une peinture en miniature, sur étoffe, de l'école française du xviiie siècle.

140 — Masque *authentique de Guillaume le Taciturne,* coulé sur la figure du prince après son assassinat.

SUPPLÉMENT

141 — Deux bas-reliefs, de 30 cent., terre cuite sous vernis minéral vert (oxyde de cuivre et de plomb), de Nuremberg, du xvie siècle; ornements style Renaissance. Ils sont encadrés.

142 — Deux bas-reliefs, de 30 cent., terre cuite sous vernis minéral vert (oxyde de cuivre, et de plomb), de Nuremberg, du xvie siècle; ornements style Renaissance. Ils sont encadrés.

143 — Deux bas-reliefs, de 30 cent., terre cuite sous vernis minéral vert (oxide de cuivre et de plomb), de Nuremberg, du xvie siècle; ornements style Renaissance. Non encadrés.

144 — Trois bas-reliefs, de 30 cent., terre cuite sous vernis minéral vert (oxyde de cuivre et de plomb), de Nuremberg, du xvie siècle; ornements style Renaissance. Non encadrés.

145 — Plaque, de 53 cent, en faïence à émail stannifère de *Winterthur* (Suisse), datée de 1643; le décor. en polychromie sur fond blâme, représente un vase de fleurs. Encadrée.

146 — Plaque, de 50 cent., en faïence à émail stannifère de *Winterthur*, de la première moitié du xviie siècle. Le décor en polychromie, montre un vieillard de 80 ans en costume de l'époque, surmonté d'une légende en langue allemande. Cette plaque est encadrée.

147 — Deux plaques, de 28 cent., même provenance, même genre que les précédentes, mais décorées des figures en pied d'un soldat et d'une dame, en costumes de l'époque. Encadrées.

148 — Deux frises, de 27 cent., mêmes provenance et genre que les deux numéros précédents. Trois figures (*Potestas, Nobilitas, Libéralitas*) sont en bas-relief.

149 — **Vingt-huit pièces d'un poële** de la fabrique e
Winterthur (Suisse), du commencement du xviie siècle.

150 — **Assiette**, de 25 cent., en faïence à émail stannifère de
Delft, du xviie siècle, et marqué D. V.; elle est décorée en camaïeu
bleu sur fond blanc, dans le style chinois avec le dragon à quatre
griffes au centre. Pièce très-rare.

151 — **Tasse et soucoupe**, forme veuf, goudronnées, en porcelaine à *pâte tendre* de la fabrique de *Saint-Cloud*, de l'époque des
frères Trou (1722), décorées et marquées de leurs monogrammes
en bleu, sur le biscuit sous la couverte.

152 — **Boite à coulisse**, remplie de *manuscrits* grecs et russes,
provenant de la prise de Sébastopol.

153 — **Pièces oubliées**.

www.ingramcontent.com/pod-product-compliance
Lightning Source LLC
LaVergne TN
LVHW020008180726
843503LV00008B/3863